子ども　詩のポケット　37

虹のかけら

三谷恵子

虹のかけら

もくじ

Ⅰ　月　満ちる

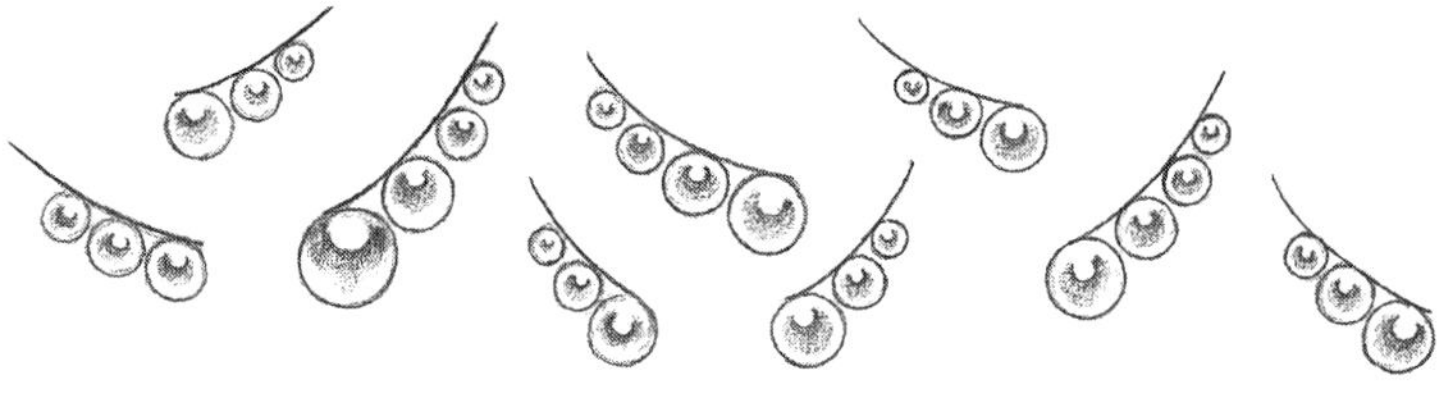

Ⅱ　回り灯ろう

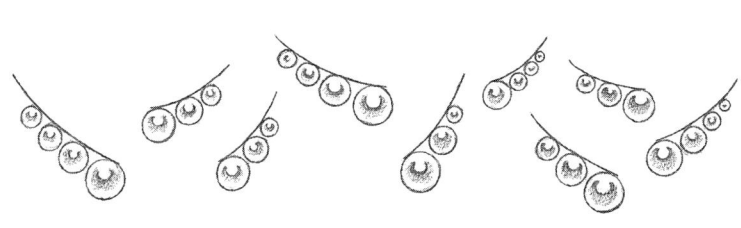

Ⅲ　シクラメン

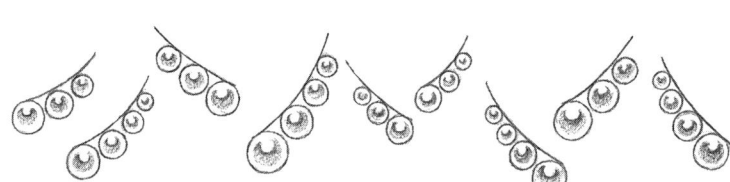

Ⅰ 月満ちる

都心の庭

庭に
一度だけ
ホタルがとんできたことがある
池のあたりに
黄緑色の光が　ループをつくり
あやし気だった

庭に
一度だけ
コゲラがとんできたことがある
桜の木を　つついて

コツコツコツコツ
ひびきわたる音

庭に
一度だけ
アサギマダラがとんできたことがある
渡りの蝶が
ゆったり　優雅に
舞っていた

出会えた偶然の
祝祭

赤いバラ

街路樹の根元に
鉢植えが　捨てられていた

傾《かたむ》きながらも
雨と陽に当たっているうち
無造作に枝が伸び
つぼみが　並んだ

次から次に
赤いバラが咲き
道ゆく人が
だれでも気付くようになった

ある人は
足を止め
あるグループは
花の強さを話題にし
わたしは
野生の原種のバラに
思いをはせた

ポッと　赤をともし
心を　オンにする

木と小鳥

窓から見える　神社の大きなケヤキの木
小鳥が二羽
　東から飛んできて留《と》まった
葉に隠れて　どこにいるかわからない

高い枝から
中くらいの鳥が三羽
　西の方へ飛びたった

一日中
あちらこちらの枝に　鳥がやってきて
あちらこちらの方向に　飛んでいく

あ
小鳥が一羽
上空に

今　何故か
木が遊んだように見えた

長い年月
静かに立って動かない御神木
小鳥の姿になることができても
　不思議はない

月　満ちる

小さい
小さいころ
お月さまに　さわったよ

ベランダでのばした手に
あたたかくも　つめたくもなく
つよくも　よわくもなく
まるい光がくっついて
あくしゅした

今夜も
満月

ながいこと
手をさし出すことを　わすれている
とおい　お月さま
目をとじて　こころを
はせる

不思議ではない
魔法《まほう》がかかっても

月夜

満月がのぼり
海に
金色の小路がのびてくる

きらめき
ゆらめき
なにかありそうな
不可能が可能になりそうな
水の上を歩いていけそうな　海

こんな夜かもしれない
むかし

太古の海で
生物が
陸をめざそうと思ったのは

都心のカラス

四月
カラスが
カアカア　バッサバッサ
物干し竿を
揺すり　あばれる

洗たく物をまきちらし
針金ハンガーを
一本くわえて　去っていく
去年も
同じことがあって
いたずらに　腹を立てた

駅前のケヤキ並木
葉が茂って　落ちて

枝だけになった　冬
木の中ほど
白、青、緑、ピンクと
色とりどりの針金ハンガーを組んだ
巣を発見
まさに　現代アート

春がきて
また
ピンクのハンガーを盗まれる
都心の芸術家
カラスを見送る
創作材料の提供
もしくは
子育て支援
と　思って

春模様

東京の公園
春
落日

桜の花びら
散って　散って
水面いっぱい
白い池

何か
泳いで　泳いで
花の敷物
二分していく
水の線

まっすぐ一本
渡る

池の対岸
木の幹へ
キラッ
枝へ
キラ　キラッ
光る螺旋《らせん》が
のぼって
消える

――蛇《へび》

桜吹雪《ふぶき》の池
春の夜

コウモリ

日が落ちて間もない　午後六時
お稲荷さんの横を通る
いつもと同じ　帰り道

上空　いちょうの大木のまわりで
黒いシルエットが動く
蝶のようで……速い
急上昇　急降下　はばたき　せんかい
一匹、二匹、三、四、五、六、七……
コウモリ
いちょうの木が　にぎわっている

久しぶりだな　コウモリを見るのは
それも　こんなに集まって
東京のどこで生きているのだろう

足を進めて
いつもと同じ　帰り道
家を壊した　小さな空地の上
コウモリが　せんかいしている
一、二、三匹……
外灯の光に映り
無数の虫も飛んでいる
なぜか　今日
ある虫が大量発生したようだ

都心の夕ぐれ
コウモリの祭りが
突然　はじまった
２００６年　９月20日

コウモリ　春

正午すぎに
コウモリが　飛んでいる

なぜ　日を浴びて

朝方　雨があがり
夏日を思わせる　今
芝生の上を
たしかに　コウモリが飛んでいる

冬眠からさめたのだろうか
四月のはじめに

みぞれが降った
低温続きの春

何かが
コウモリを狂わせたのか
いや
何か　さがしている
何か　発している

こんな日もあるのだ
２００７年　４月14日

コウモリ　秋

朝刊を取りに外に出る
コウモリが　飛んでいる

西の空に
沈みかけた満月
朝の　五時半

隣の空地の上空を
コウモリが　四匹　乱舞している

お月見ですか

新聞を開くと
東京の日出まで　あと10分
月入まで　あと20分

一匹、一匹、飛んでゆき
さいごの一匹が去ったころ
東の空が　ほんのり明るくなった

二日前は十三夜
コウモリが
夜通し　月を愛《め》でる
２００８年　10月14日

染色

いつもと同じはずの
そこここが
何か　新しい
何か　ほほえんでみえる
こんな日は
心を　白い絹の反物《たんもの》にして
染めてみたくなる

春ならば
　ピンクではなくて　さくらいろ
　水色ではなくて　あさぎいろ
季節が移って

ふじいろ
わかくさいろ
夏は　るりいろ
秋は　くりかわいろ
冬は　あずきいろ
雪の　白
梅の真白《ましろ》

心を反物にして　染め直し
また
春がくる

II　回り灯ろう

夏のモビール

夏休みのはじまり

旅行の計画がある
　自由研究　決まっていない
ひごの両端にぶらさがって　つり合う

プールでウォータースライダー
　算数のプリント
また　ひごがつり合う

盆おどり　花火　かき氷にアイスクリーム
…………

三行日記　読書感想文　野菜の産地調べ
　休み明けの漢字テスト……

ひごが　何段も重なって
大きなモビールができあがる

楽しい風が吹き
ため息が　風になり
回る

記憶

大そうじの時
たんすとたんすの
わずかなすき間に
指輪が………
赤いプラスチックの

たしか
りんごや星の絵が　彫ってある
内側にイニシャルも
三百円だったかな
買ったのは
渋谷の街頭

たんすのすき間にころがったことも知らず
無くなっていたことも忘れていたのに
次々に浮かんでくる記憶は
頭のどこに
かくされていたのだろう

こころ

こころは
ジグソーパズル

全部のパーツが　おさまって
形になる

ちょっとした言葉
ちょっとしたことで
つつかれると
ぐらぐらするものだから……

パーツが　ひとつでも外《はず》れかけると
瞬間
バラバラッ……

時間が必要だ
修復するのには

考える
ああでもない　こうでもないと
組み立てようとする
直し　直し
やがて
少し　形をとりもどす

だんだんと形は
元どおりになるけれど
あるパーツの端が　欠けたらしく
わずかな　透き間ができる

透き間が
出口になる
一息《ひといき》ついて
また
こころになる

クヌギの実

ふかふかにつもった　落葉の中
まんまるい　どんぐり　ひとつ
見つけたわたしは　声を出し
手のはやい友達に拾われてしまった
クヌギの実は
友達の　自慢《じまん》のおみやげになった
小学三年生の　秋の遠足
高尾山でのこと

——忘れ去られて
記憶の底に　ころがっていたらしい

大学一年生の秋
キャンパスの巨木が
おびただしい数の実を落とした
クヌギ　クヌギ　クヌギの実…………
拾って　拾って　拾った
小箱にいっぱい

――あの木にも特別な実りの年があったらしい
　その秋だけのできごとで
　わたしは　キャンパスを　卒業した

二十年以上過ぎたのに
小箱がある　はずかしさ
　宝物が　どんぐりでは

こわい気もする
　ずっと中を見ていないから
今日は　なぜか
ふたを開けたくなった

あの時のまま
まるく　かわいく　わらっている
うれしくて
声をあげてしまう
手のひらにのせる前に

夕日

記憶をたどっていくと　ゆきつく
電話ボックスのある一本道を
祖父に手を引かれ
ただ　歩いている

大きな夕日があって
かきの実《み》いろの夕やけが広がっている

たぶん
ごく普通の日だった

年を重ねて
今では
特別な　夕日

回り灯《どう》ろう

東京　品川区の大井町
四のつく日に　縁日があった
わたしの幼いころ
四十年以上前のこと

金魚やひよこ　あんずあめや
　おままごとの道具……
祖父に　おこづかいをもらった
暗くなってから　家を出ていく
いつもと違う　夕べ

夏のいつか
回り灯ろうの店が来た
白い和紙の中に　ろうそくがともり
赤や青に　影絵が回る

くるくる
盆踊りの人や花が　回る
きれいだった
昔話に　迷い込んでいくようだった

欲しかった
でも
回り灯ろうの店は
夏に一度
来たり　来なかったり

小学生になった夏
買ってもらった
マッチもすれるようになっていた
急ぎ足で　家に帰った

うれしかった
縁側で　火をともす

瞬間
風にあおられ
瞬時
燃えあがり

回り灯ろうは
無くなった

こわかった

その年の秋
祖父が倒れて　逝ってしまった

翌年　一度だけ

回り灯ろうの店が　来たが
買わなかった

それきり
この店は来なかった

道の両側に並ぶ
縁日の屋台も
片側だけになり
少なくなって
いつしか　なくなっていった

この道を歩くとき
ふいに
回り灯ろうに
ボッと火がつき
ほのあかりに
祖父がいて
そして　消える

空地

隣りの家が引越して
売地となり
空地ができた

草が芽吹き
夏には　背丈《せたけ》ほどに伸びて
草の王国になった
虫も大発生して
近所から苦情が出たのか
業者が
草をなぎ倒し
平たくなった

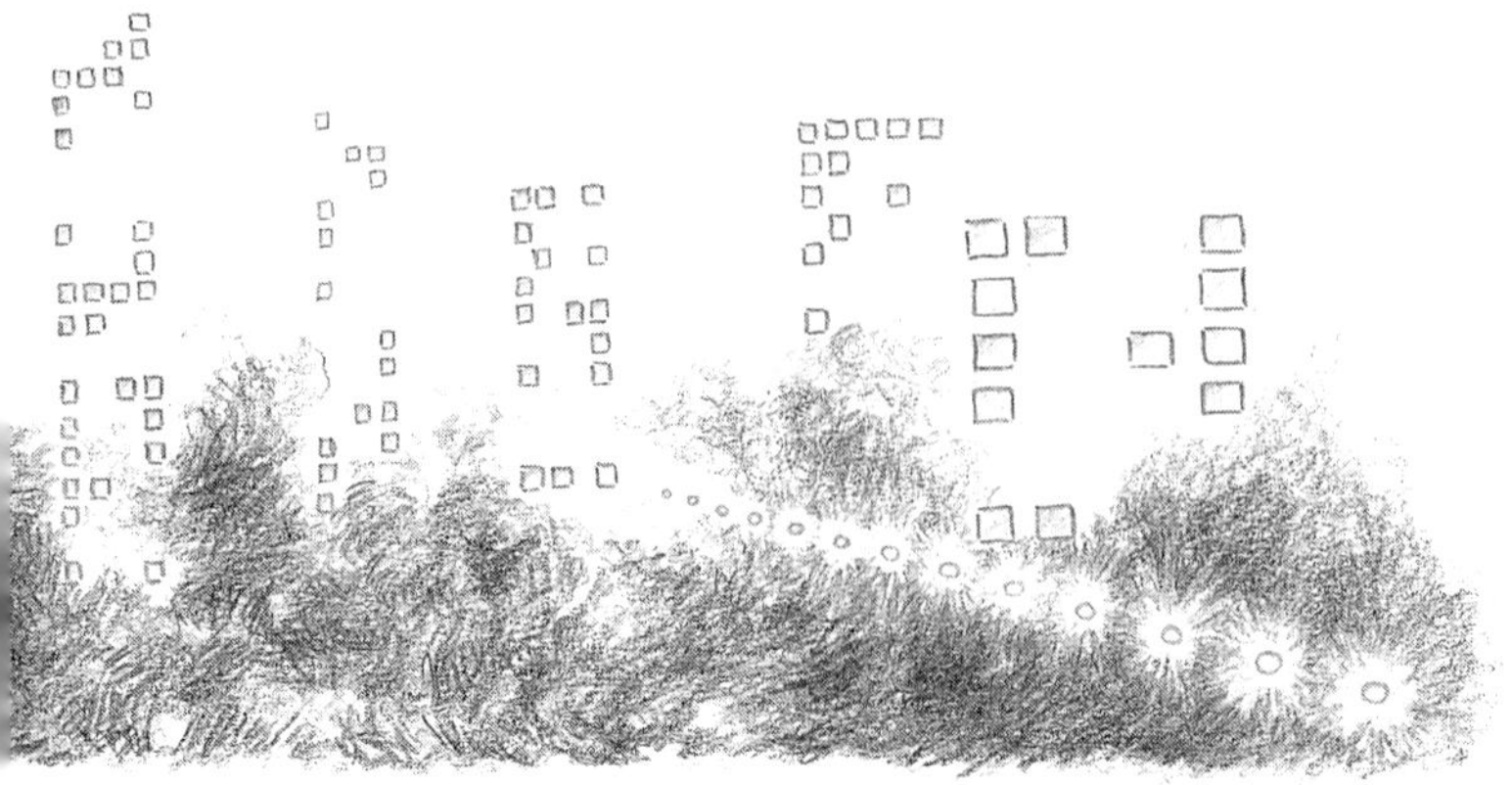

秋には
バッタが　ピョンピョン　はね
夜は　虫の声で　いっぱいになった
冬になると
飛んできたゴミがたまり
また春がきた

草が勢力を増して
タンポポの綿毛が
舞い上がり
風に乗って
無数に　旅立ってゆく

草はどんどん伸び
新しい住人は
まだ　現れない

空地　Ⅱ

隣りの空地から
男の子のにぎやかな声がする

窓からのぞくと
小学校一年生くらいの
男の子が　六、七人
木の切れはしを　バットにして
野球のような遊びをしている

東京では
最近　見かけない光景
タイムスリップしたような気分

へやの中で　耳をすましている
「打て」とか
「走れ」とか
歓声
「バーン」と　ジャストミートした音
いい当たりに違いない

もう一度
そっと　のぞいてみる

おしゃれな男の子たち
ミントグリーンやパープルの上着に
ジーパン　スニーカー

服装も　顔立ちも　髪型も
現代的だ

この子たちに
昔の服を着せたとしても
昔の情景にはならない
と
笑ってしまった

インコの空

東京の空を
みどり色の大きなインコが
あたりまえに　飛んでいく
一年中

いつからだろう
どこかの家から逃げた　つがいが
野生化
大田区の寺の境内で
大繁殖につながったらしい

桜の花が散って実がついたころ
びわの実が色づくころ
群れて恵みをついばむ
冬場でも
それぞれのえさ場へ
飛んでいく
ギャー　ギャーと鳴きながら

野生の鳥が減っていく中で
南国イメージの　大きなインコが
都会の新しい住人とは

最近
ねぐらを

目黒区の大学に移したらしい
大学では窓の防音設備を強化
夕刻　ねぐらに集結するインコの
すさまじい声に対処

温暖化？
はじめに逃げたインコは　何羽？
思いは空を巡り

東京の空を
みどりの色に染め
ゆうゆうと飛ぶ
インコ王国の始祖たち

ブルートレイン

東京駅で
京浜東北線　南行に乗る
特急ホームは
カメラを手にした鉄道ファンで
　ごったがえしている

有楽町、新橋、浜松町、田町、品川
春の嵐
雨に打たれながら
ホームの先端で
　シャッターチャンスを待つ人が
　　列をなしている

大井町駅で降りる
駅の南の歩道橋、北の跨線橋の上に人がき

ホームの人も
　同じ方向を見て立ちつくす

駅員さんにたずねる
――ブルートレイン　いつ通るんですか
――大森を過ぎているので　もうすぐ
との返答

あわてて携帯電話を出して
撮影モードに

いっせいに
「来た」
「ありがとう」
喝采《かっさい》とシャッター音

午前11時20分

ブルートレイン富士・はやぶさ号　通過
プオオオ――――と汽笛がひびく

東京駅発着の寝台特急は廃止される
２００９年　３月14日
上りの最終列車

汽笛が遠く小さく消えてゆく
思い出す
昼前に　大井町付近を
　上り寝台が通る
年の離れた弟を散歩に連れ出して
踏み切りで手を振ったり
駅前のデパートの窓から　ながめたり
　弟は　大の鉄道ファンになった

ラストラン

富士・はやぶさ
終着駅　東京まで10分とかからない
　たくさんの人に迎えられる

わたしは　目を閉じて
　運転士となる
東京駅の手前で
　長く長く　汽笛を鳴らそう
停車して
長く長く　汽笛を鳴らそう

わたしは　心の中で
　車掌となる
ブルートレイン富士・はやぶさ号　最終
列車への御乗車　まことに　ありがとう
ございます
まもなく　東京
まもなく　東京

風　変わる

近所に大型マンションが建って
風向きが　変わった
建物の横を
勢いよく抜けて
強く吹くようになった

隣に空地ができて
風の音が　変わった
ヒョォー　ヒョォー
うなり声をあげ
吹きつけるようになった

人が作り出したもの
人が作り出せないもの
互いに　ぶつかりあう

風は
形がないはずなのに
自由に　形を変化させ
知らない空間を
冒険する

風のおたけびに
怖《こわ》いものが出てきそうで
震える夜もある
風の叫びに

遠くからの贈り物を
期待する朝もある

III

シクラメン

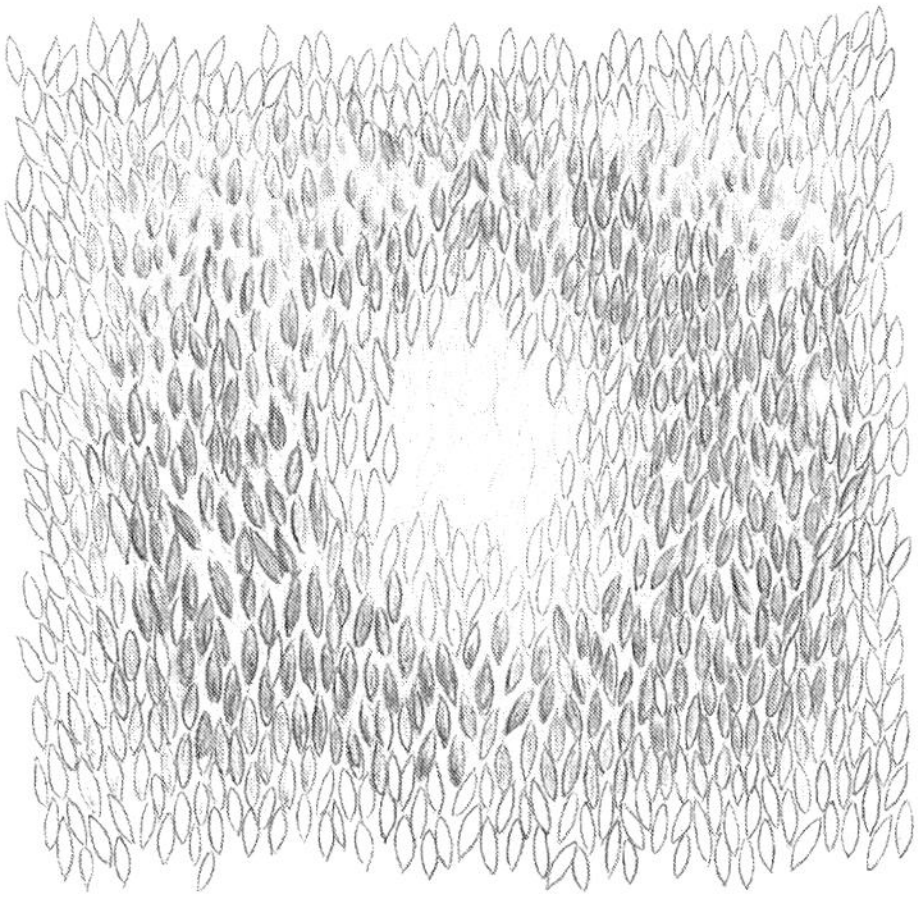

春草

家の前の道路が広がり
歩道も広がり
ツツジの植え込み
ハナミズキの街路樹が　並んだ

植え込みの土に
たくさんの種子が混ざっていたらしい

タンポポ　オオイヌノフグリ　ヒメジョオン　ハハコグサ　ナズナ　ハコベ
コスミレ　ヒメオドリコソウ　ホトケノザ　スズナ……
木々の根元に
春の野草が　勢揃《ぞろ》いする

小学生だったころ
植物図鑑の絵を見て覚えたはずの　草々
四十年以上たった今
目の前で　咲き咲き
名前を　次々に思い出す

時計

掛時計の秒針が
今
三、四秒
同じ位置で　足踏みしている

何もなかったように
動き出し
当たり前のように　秒を刻む
こんなことが一日のどこかであるのだろう
時計は二十分も　遅れている

電池を交換したが
時差は
日増しに大きくなった

時計を片付ける
静かすぎる夜中
時を刻む音が恋しい

道

道がないころは
迷っただろうな

ひとりひとり　目印を決めても
日が陰ったり
置いた石がなくなったり
川の流れが変わったり

迷いながら
迷わないように
一本の道を引いてゆく

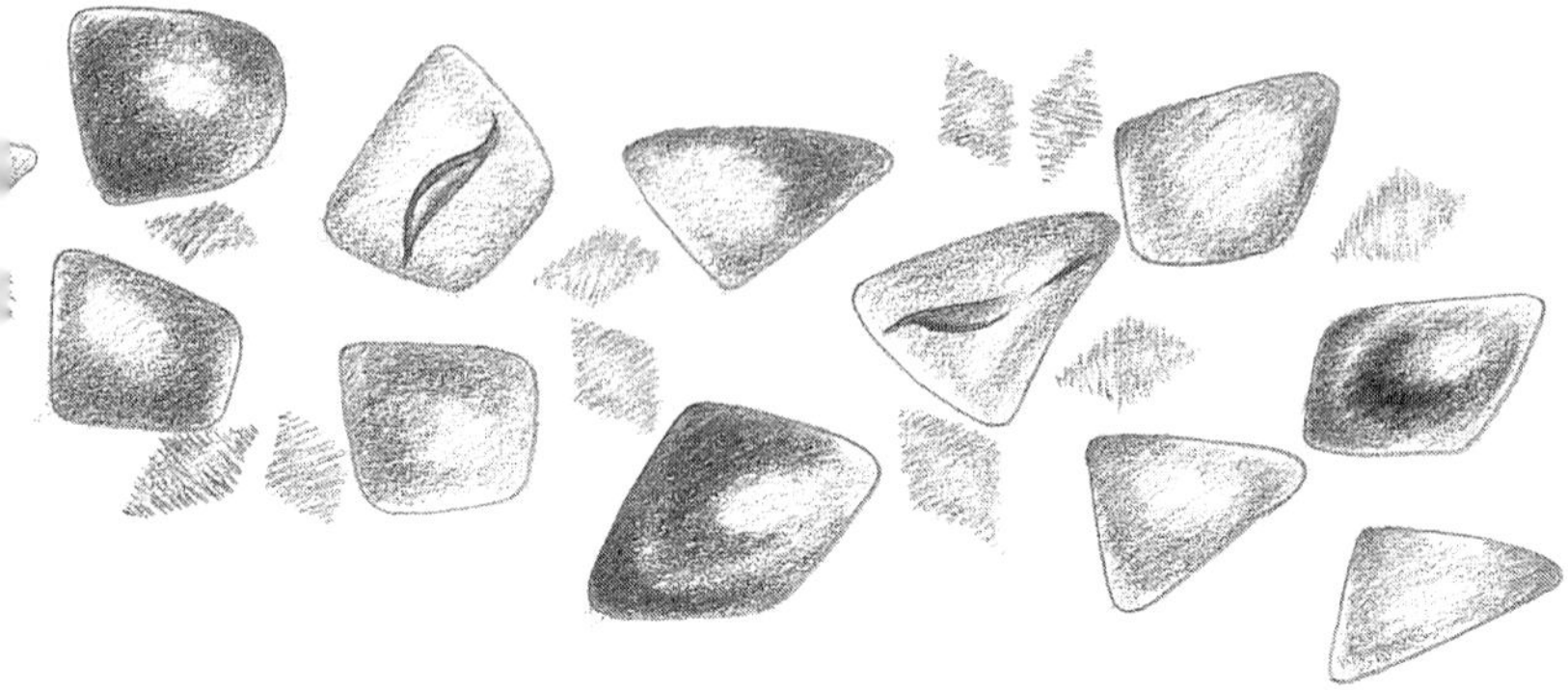

時が過ぎて
縦横に引かれた道路が
あみの目のように　細かく分かれ
地図もできた

地図上のビルや店が
刻々と変わるので
また　目印を失い
道に迷う

ひとの心も移り変わるので
ときに
道に迷う

かぶと虫

コンクリートの路上に
かぶと虫

のぞきこむと
かすかに足が動く
生きている

都心では生きていけないのに
どこから

駅前のスーパーで
夏休みの間　クワガタと　かぶと虫を

売っている
隣の駅の大型ホテルでは
かぶと虫の　つかみどりという　イベントがあった

テラテラと光る
大きな　かぶと虫
足早に過ぎるしかなかった

帰り道
かぶと虫は　いなかった
日常の路上

渡り鳥

冬が去ろうとするころ
渡り鳥が
北へと帰っていく

もう旅立ったカモ
まだ　のんびりと水辺にただようカモ
性格もいろいろだ

わたしがカモだったら
一番手のグループで
まん中より少し前を飛んでいきたい

にぎやかな町の
ちょっとした水場で
冬を楽しんだ後に

迷子

小さな女の子が
泣いている

名前は？

ただ
泣いている

おとしは？

肩ふるわせて
泣いている

だれと来たの？
全身が楽器になって
泣いている

女の子の気持ちは
伝わってくる
言葉がなくても

シクラメン

あ
シクラメンの花が
落ちた

今年　たった一輪だけ咲いていた
濃いピンクの　花
一か月以上も

なぜ

今　なぜ　わたしは
シクラメンに目を向けていたのだろう

散る花からの　音のない声？
一瞬のできごとの　予感？

へやの中は静か
ドキドキ　鼓動している

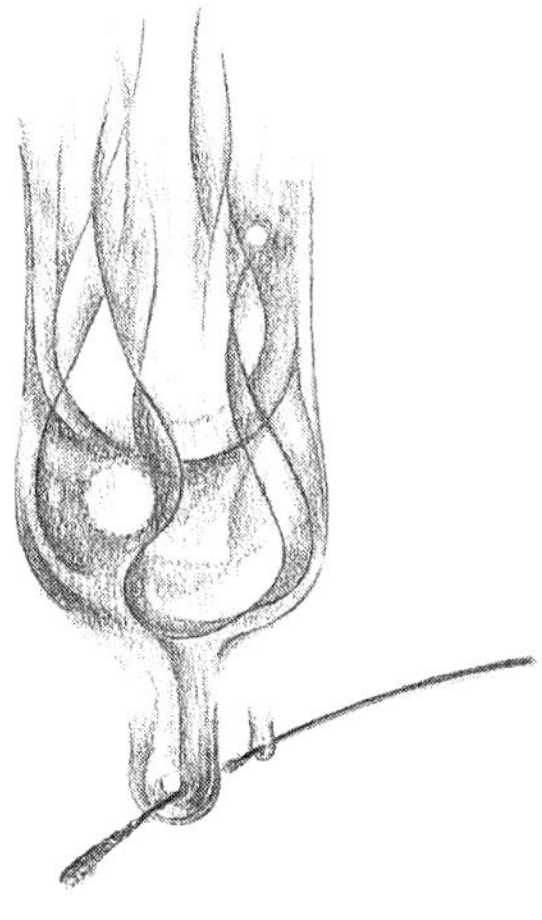

ランプ

あなたが二十歳になって
髪をアップにして飾りをつけ
赤い振り袖を着ている

品川駅前のホテル
30階のレストラン
シャンペンのグラス
ハープのしらべ
いつもと違う夜

窓ごしに
高層ビルや　ブリッジに明かりが並び

電車や車のライトが　流れている

テーブルの上で
ランプの小さな炎が
チロチロ　ゆれている

かすかに　あたたかい

燃えろ　燃えろ
いつまでも

ようこそ

２００９年　１月８日夕
石神井公園の池に
四羽のオオハクチョウが飛来している
成鳥二羽、幼鳥二羽
と
新聞の記事

都内へのオオハクチョウの飛来は　珍しい
しかも
わたしが　二十年前
はじめて　カワセミに出会った場所

三日後
しばらくぶりに訪ねた公園
ハクチョウの親子は去っていた
何があったのか
一家で一休《ひと》みとは……
仲間から離れるのだから
決断には勇気がいるだろうな

池をめぐる遊歩道
カモが歩き
つられて歩調がゆっくりになる
対岸から泳いでくるキンクロハジロが
長い波紋を描く

三脚を立てて　カメラを構える人に出会う
ハクチョウは？
と　たずねる
二日間いて　飛んでいった
今　カワセミを待っている
と　ほほえむ

まりも

富士五湖を旅したとき
おみやげに買った
　まりも
　たしか　三個
水そうの底で　小さくまるかった
多摩川の上流ですくった
　ハヤが育って
泳ぐたびに　ころがったり
　　浮かんだり
ハヤが死んで

買ってきた　アマゴが　動かし
　タナゴが　けとばし

二十年もしたら
手のひらいっぱい　直径10センチを超える王様もあり
大きな　まりもの端っこが少しとれて
　ころがり　ころがり
新しい仲間になって
水そうの底を埋めつくす
　まりも群
　大小　数知れず

なぜか
寒くなると

水面に一せいに浮かび
なぜか
暖かくなると
そろって　沈む

今
クチボソと　ドジョウが一匹ずつ
まりもたちと暮らしている

一年に一度　水替えをするだけ
まりもの
世話はなく
水そうの中の　驚異の自然
癒《いや》される　日々

あとがき

虹のかけら

虹が架かりました。七色の弧が空に描く、大きなアーチ。外側にうっすらとした、もう一本を伴い、私が、東京ではじめて見る、二重のアーチ。荒れた天気の後、自然が作り出した芸術。今年の5月8日夕のことでした。

これまで、虹に出会ったのは僅か数回です。どれも、かすかな虹のかけらでした。道行く人がほとんど気付かず、私はひそかに幸運を感じました。

ところが、この日の虹は、だれもが足を止め、家の窓から、マンションのベランダや屋上から、たくさんの人が空を見上げていました。見知らぬ者同士が一体となったような、ひとときでした。

ずっと見ていたいと思いました。アーチのすべり台の向こうは――。空を渡って、また、帰ってくることもできる――。

空に溶けていってしまうまでの間、見つめている人は、それぞれに、何を思ったでしょう。幸運を共有しました。

東京に生まれ、今も暮らしています。私をとりまく人々、自然、出会い、日常、非日常、偶然……多くの恩恵の中にいます。

ありがとうございました。

第三詩集を出版します。長く、詩作を御指導くださった菊永謙さん、すばらしい画を添え飾ってくださった菅原史也さん、刊行にあたりお世話になった佐相伊佐雄さんに感謝します。

三谷恵子

２００９年７月

三谷恵子（みたに　けいこ）
1960年　東京生まれ
学習院大学文学部史学科卒業。
詩集『つくりわらい』『七つ葉のクローバー』（らくだ出版）、アンソロジー『詩は宇宙』（ポプラ社）、『おはなし愛の学校』（岩崎書店）、『続々　子どもといっしょに読みたい詩』（あゆみ出版）、『少年詩・童謡の現在』（てらいんく）、『子どものための少年詩集』（銀の鈴社）、『新・詩のランドセル』（らくだ出版）などに詩作品を所収。
現代少年詩の会会員、詩誌「みみずく」同人、日本児童文学者協会会員
東京都品川区大井２-22-14

菅原史也（すがわら　ふみや）
1972年生まれ。東京造形大学デザイン科卒業。同研究課程修了。美術家。
『現代少年詩集2000』（銀の鈴社）装画。さとうなおこ詩集『ねこ　ねこじゃらし』、いとうゆうこ詩集『おひさまのパレット』（てらいんく）装丁装画。なかざわりえ詩集『どんぐりひとつ』（らくだ出版）装丁装画など。

子ども　詩のポケット　37
虹のかけら
三谷恵子詩集

発行日　二〇〇九年十月二十三日　初版第一刷発行
著　者　三谷恵子
装挿画　菅原史也
発行者　佐相美佐枝
発行所　株式会社てらいんく
〒二一五-〇〇〇七　川崎市麻生区向原三-一四-七
ＴＥＬ　〇四四-九五三-一八二八
ＦＡＸ　〇四四-九五九-一八〇三
振替　〇〇二五〇-〇-八五四七二
印刷所　株式会社厚徳社
2009 Printed in Japan
 ISBN978-4-86261-057-7 C8392